novum pro

AF203871

Christoph Mayerhofer
& Dorothea Brigitte Mayerhofer

Liebe
Triebe
Peitschenhiebe

novum ◢ pro

www.novumverlag.com

Bibliografische Information
der Deutschen Nationalbibliothek:

Die Deutsche Nationalbibliothek
verzeichnet diese Publikation in
der Deutschen Nationalbibliografie.
Detaillierte bibliografische Daten
sind im Internet über
http://www.d-nb.de abrufbar.

Alle Rechte der Verbreitung,
auch durch Film, Funk und Fernsehen,
fotomechanische Wiedergabe,
Tonträger, elektronische Datenträger
und auszugsweisen Nachdruck,
sind vorbehalten.

© 2021 novum Verlag

ISBN 978-3-99107-434-2
Lektorat: Bianca Brenner
Umschlagfotos: Ekaterina Zirina,
Lightfieldstudiosprod | Dreamstime.com
Umschlaggestaltung, Layout & Satz:
novum Verlag

Gedruckt in der Europäischen Union
auf umweltfreundlichem, chlor- und
säurefrei gebleichtem Papier.

www.novumverlag.com

Ein Vorwort in nüchterner Prosa

Wir leben in einer Zeit des gewaltigen Umbruchs in Bezug auf die gesellschaftliche Bewertung intimer Beziehungen. Mein Anliegen ist es, Ihre Aufmerksamkeit auf die tatsächlichen Veränderungen im partnerschaftlichen Verhalten zu richten, die in kurzer Zeit erfolgt sind.

Ich nehme Tendenzen in der Abfolge der Entwicklung wahr. Die Pille befreite die Frau von der ständigen Bereitschaft zur Fruchtbarkeit. Die so gewonnene Freiheit konnte sie dazu nutzen, einem Erwerb gemäß ihrer Talente nachzugehen und sich so aus der wirtschaftlichen Abhängigkeit eines Mannes zu lösen. Jetzt braucht sie ihren Körper nicht für die Benützung eines Mannes zu verkaufen. Sie hat ihre Menschenwürde wieder zurückerhalten. „Gib dich mir hin, kriegst mich dafür. Dein Geld kannst du dir behalten!" So begibt sie sich auf die Suche nach einem Mann, den sie ganz frei erwählen kann. Die Agentur wird sie verkuppeln.

Die tiefe, hingebungsvolle Liebe wird durch die Befriedigung der Triebe gekrönt. Das führt zu den himmlischen Freuden der Ekstase und Agonie. Die bloße Befriedigung der Triebe kann kaum ein Weg zu solcher Liebe sein. Meist hat es mit der Neugier sein Bewenden und kann etwa im Swinger-Club enden. Es scheint, unsere Gesellschaft ist heute im Stadium des Ausprobierens. Sind wir wieder in der Pubertät?

Erleben Sie die folgenden Verse unter diesem Gesichtspunkt.

Ekstasie – Sex – Hauterotik

Der Schöpfer schuf sich freie Menschen und
teilte sie in Mann und Frau.
Er schenkte ihnen viele Gaben und verteilte sie genau
auf beide, damit sie sich anziehend finden
und aneinander binden.
Jeder möchte auch von den Gaben
des geliebten Wesens haben.
So geben sie sich einander hin.
So entstand die hingebungsvolle LIEBE:
Zum Fortbestand des Menschen schenkte Gott zu dieser Liebe
weitere Freuden bei Befriedigung der TRIEBE:
Das war ein Akt der Dankbarkeit
an die, die für Kinder waren bereit.
Und so kamen zum Orgasmus noch Ekstasie und Agonie.
Solche himmlischen Freuden gibt es in der Welt sonst nie.
Die Menschen bedienten sich der Triebe
auch ganz ohne hingebungsvoller Liebe.
Und dieser Weg ging auch. Er führte nicht bis zur Ekstasie,
aber das verschmerzten sie.
Da sie aber hungrig blieben,
suchten sie nach weitren Trieben.
Die Suche nach noch weitren Freuden
schien schließlich nur Zeit zu vergeuden.
Doch die Reizung der Haut
macht mit dem bekannten Trieb vertraut.
Das Streicheln, Kitzeln bis zum Massieren
lässt bald Hemmungen verlieren.
So fingen sadistische Spielchen an,
das gefällt dem starken Mann.
So ersetzt der Schmerz von PEITSCHENHIEBEN
den Genuss von echtem Lieben.
All das könnt ihr in meinem Buch nacherleben.

Eine Sammlung erotischer Poesie aus Liebesbriefen
Einer jung gebliebenen reifen Frau aus Kanada
Dorothea Brigitte Mayerhofer
Und ihrem stürmisch gebliebenen betagten Schatz
Christoph Mayerhofer aus Wien

Inhaltsverzeichnis

Die Poesie und unsere Themen

Viele unserer Themen werden durch die Poesie entschärft,
die Kunst lässt zu, sie toleriert selbst kühne Behauptungen.
In diesem Sinne sollen Sie unsere Dichtkunst verstehen.

Die innige Liebe als eine erlebte Geschichte

Da die folgenden Texte aus Liebesbriefen stammen,
will ich mich mit dem wichtigsten Thema,
der LIEBE, als Erstes beschäftigen.
Die Gedichte handeln von der großen Liebe,
vom verklärten Augenaufschlag zum geliebten Partner,
von der Liebe als Basis der Entfaltung und Erfüllung
der sexuellen Begierden, später geht es eher um die Bedrängnis
des Menschen durch seine unterschiedlichen Triebe.

Ach Du!

Die Freiheit dieser Liebe, die hat mich durchgeglüht.

Ich konnt' sie nicht beschreiben, hab ich mich auch bemüht.

Erfasst hat sie mein Denken, mein Wollen, meinen Sinn.

Ein Hauch sich um mich drehte und zog mich zu ihr hin,

zu ihr, der Hochgeliebten, zu ihr, dem zweiten Ich,

für mich gab es nur diese, und selten auch mal mich.

Ich kann's bis heut nicht fassen, was da mit mir gescheh'n,

ich muss die Welt jetzt um mich mit andern Augen seh'n.

Was heimlich ich ersehnte, zu wünschen kaum gewagt,

sie hat sich mir eröffnet, kein Wunsch ward mir versagt.

Ich brauchte nicht erst bitten und bangend Fragen richten,

sie las aus meinen Blicken und wusste stets zu schlichten,

was in mir war an Spannung, an Hemmung und an Scheu,

sie glättete die Falten, das war mir völlig neu.

Die Welt hat mich getäuscht, so muss ich jetzt bekennen.

Wohl glaubt ich an die Liebe, den fest geschloss'nen Bund.

Doch wie sollt' ich es nennen,

was ich in Dir jetzt fand.

Nicht alles, was ich glaubte, hält neuem Wissen stand.

Weil du erkannt mein Wesen, geb' freudig ich mich hin,

mein Denken, Fühlen, Wollen hat wieder einen Sinn.

Weil ich Dein Geliebter bin,
geb ich mich völlig für Dich hin.
Ich ergeb mich Deinem Willen,
Deine Lüste will ich stillen,
meinen Körper ich Dir schenke,
alle meine Wünsche lenke.
Meine Hingabe nimm an,
für Dich geb ich, was ich kann.
Ich bin stets für Dich bereit,
nicht nur für jede Zärtlichkeit.

Wenn ich vergebens Dich verlang,
wird es im Herzen mir so bang.
Ich hab das große Los gezogen,
doch ist das Vöglein weggeflogen.
Freilich ist's mit Bedacht gescheh'n,
und ich drängte dich zu gehen.
Allein – das Resultat
ist langweilig und äußerst fad.
Seh ich vor mir den schönen Garten,
auch die Bäumchen woll'n nicht warten,
die Knospen platzen, woll'n aufspringen,
und dazu die Vöglein singen.
Die Natur drängt auf Entfaltung,
ich dränge endlich auf Gestaltung
der verblieb'nen Lebenszeit
immer mit meinem Schatz zu zweit.
Seit wir in das Netz gegangen
und in Liebe sind verfangen,
sind wir von allem Frust befreit.
Auf Amors liebesheißen Schwingen
verstanden wir uns Lust zu bringen.
Das Schicksal, das mich dann ereilte,
viel zu lange bei mir weilte.
Wenn ich zu Ostern dich verlang,
wird mir im Herzen wieder bang.

Ich möchte heut in Deinem Garten
selig auf Deine Liebe warten.
Du hast so Vieles zu verschenken,
nie hör ich auf, daran zu denken.

Kommst du strahlend mir entgegen,
so pack ich zu, männlich verwegen.

Deine weiche, zarte Haut
hast du so oft mir anvertraut.

Krabbeln die Finger übern Rücken,
wird vernehmbar dein Entzücken.

Alles, was mir Gusto macht,
schleck ich mit meiner Zunge sacht.

Sind die Nippel spitz und steif,
ich nach deinen Hügeln greif.

Ergreift mich gar der Übermut,
die Patschi-Hand dich klatschen tut.

Ziehst du mich an dich brünstig,
stehen meine Chancen günstig.

Fängst du gar zu schnaufen an,
gibst du mir damit freie Bahn.

White man
Newborn Day
Out of darkness

Saffron sun
Rising through clouds

Summerlake of Two Rivers
Deep and still

Squaw
Lying down white man
In sweet grass

Warm air caressing white man's body

White man
Aching with longing for
Squaw-touch

Flaming desire
Impaling white man's body

Squaw
Running loving fingers
Through white man's hair

Vibrations
Under white man's skin
Ambushing white man's
Swollen manhood

White man
Ripe like
Whitefleshed
Juicy sugarapple

Tips of squaw fingers
Playing
With white man's
Swollen manhood

Squaw
Peeling back
White man's
Soft skin

Squaw tongue
Snaking
Dancing
Inhaling
White man's manhood

Squaw
Lips encircling
White man's
Godly manhood

White man's
Seed
Sweet

Like sugarapple ...
Squaw
White man
In sweetness

United.

Was Süßes
Nachspeisen werden gut verteilt
auf einem Esstisch in St. Veit.

Das Süße, das uns beiden schmeckt,
vibriert,
ist unbedeckt!

Die Zunge tanzt mit Freuden!

Ach Liebster,
lass keine Zeit vergeuden!

Lass uns das Süße kosten,
lass uns so zärtlich lieben,
noch vor dem Essen
um sieben …

Squaw

Nature
Putting robes of colour on
In the wild

Squaw
Training her eye
On a lark
Flying into the wind

Her thoughts
Taking flight
To a summer
Of content
Gone by

All roads
Paved sweetly
For Squaw
And white man

The Sky
Liquid blue

Silken waters
Against skin

Melting with white man

His sunbaked body
Pressing
Against Squaw
In tenderness
In passion …

Lust

Ach,
in meiner weiblich' Lust
seh'n ich mich nach deiner Brust!!
Lass mich weinen, schrei'n,
mich winden,
möchte alles neu empfinden!
Löse alle deine Knoten!
Wisse,
uns ist gar nichts verboten.
Ach,
wie heiß ist unsre Liebe!

Und was sonst noch geschah

Bald ist's Abend,
bald ist's Nacht.
Ich denk' an dich –
berühr dich,
sacht.
Erfreue mich
an dem Genuss,
und mit meinem zarten Kuss
your manliness
begins to shine –
in our pleasure
I am yours
and you are mine …

Ach Liebster,
mein sehnendes Herz
ist so erfreut
zu sehen dich
auf unsrem Skype!
Möchte dich so gerne fühlen,
spüren,
kosten, wiegen,
bin ungeduldig,
unzufrieden,
und doch
ist es mein großes Glück,
dich so zu lieben!

Ach Liebster,
lass uns treiben
ganz sacht
auf Wogen unseres Glücks.
Lass uns für immer meiden
die Schatten,
die wie Gespenster sind!

So können wir beschützen,
was uns gelungen ist.
Und anderen so auch zeigen,
was wahre Liebe ist.

Du wirst nie mein Opfer sein,
dein Sadist ist samtig-fein.

Mit zehn sensiblen Fingerlein
will ich Deine Haut erfreu'n.
Schon beim leisesten Berühren,
wirst Du meine Seele spüren.
Beim Betasten, Kitzeln, Reiben
will ich den Genuss antreiben.
Wirst Du Dich mir entgegenstrecken
wirst Du mein Verlangen wecken.
Bei hingebungsvoller Liebe
enteilen wir den bloßen Trieben.

Mondnacht

Unsre Welt
erleuchtet in hellem Strahl.
Der Himmel
verlockend,
der Mond
so klar –
verzaubert
und trunken in süßem Wahn,
und er flüstert:
„Ich bin für euch
zum Greifen nah!"

Splitter einer Explosion

Schiebe weg von dir, was stört,
denn jetzt hast du mich erhört.
Gib dich von Herzen ganz mir hin,
ich bin in dir schon ganz tief drin,
errege dich selbst im Unbewussten.
Von dort breche ich alle Krusten.

Es gibt keine Grenzen, keinen Halt,
wir verschmelzen, und schon bald
Haut und Nerven droh'n zu reißen,
weil wir uns zugleich verbeißen.
In uns brennt der Liebe Feuer,
außen klatschen Peitschen ungeheuer.
Solchen Weg zur Agonie
beschritten wir real noch nie.

All meine Gier – treibt mich zu Dir

Du musst mir Deinen Weg erschließen.
All die Freuden zu genießen,
die mein Körper hält bereit,
heute, morgen, jederzeit.
Hab ich mich Dir anvertraut,
stimulierst Du meine Haut.
Streicheln, kitzeln, zünftig schlagen
All das will ich gern ertragen.
Ich will allein von Dir erwarten
Empfindungen in jenen Sparten,
die bisher in der Seele Tiefen
noch ungeweckt verborgen schliefen.
Unter Stöhnen, unter Ächzen
will ich nach Sensationen lechzen.
Von Orgasmen zu Ekstase
komm ich in die ersehnte Phase.
Schließlich bis zur Agonie
ging ich diesen Weg noch nie.
Durch Dich gewinn ich neues Leben,
bist Du bereit, mir das zu geben?

Ich hab in einer Sternennacht
mein Herz für dich weit aufgemacht.
Das hat mich zu dir hingerissen,
verzückt heult' ich in meine Kissen.

Wer sein Herz verschlossen hält,
verschließt sich selbst vor dieser Welt,
er lässt nichts raus,
er lässt nichts rein,
und bleibt so mit sich ganz allein.

Engel aus Tirol

Ich sehn herbei mir deine Stimme,
die ich mit vollem Herzen minne,
sie klingt so innig, so vertraut,
so spricht zum Bräutigam die Braut.
Allein, das Telefon bleibt stumm,
der braune Bär macht einfach „Brumm".
Ich will es weiterhin versuchen,
sie in der ganzen Welt zu suchen.
Erst schau ich übern Ozean und fange in Toronto an.
Diese Idee ist gar nicht schlecht.
Man kennt dich dort, das ist mir recht.
In ganz verzwickten Lebenslagen
kann man ihren Rat erfragen.
In emotionsgelad'nen Stunden
hat man schon ihr Gehör gefunden.
Gelassen steht sie über Dingen,
die miteinander stürmisch ringen.
Sie entschärft den Konflikt,
solange noch die Bombe tickt.

Den blonden Engel aus Tirol,
den kennt man in Toronto wohl.
Sie hat mich sogar in Wien gefunden
und mir geheilt all meine Wunden.

Ich finde es ganz unerhört,
wenn jemand mich beim Lieben stört.
Und das geschieht, ihr wisst es schon,
am häufigsten durchs Telefon.
Wenn sie mich durch ihr Geschmachte
fast schon ums Bewusstsein brachte,
dann klingt schon ein leiser Klingelton
laut als wie ein Bombardon.
Die beiden stört das Gebimmel,
fallen sie doch aus dem Himmel.
Der Anrufer ist auch verstört,
wenn er laut sie schnaufen hört.

Das Buch

Das erwartete Buch ist wie ein Bund,
es tut unser gemeinsames Denken und Fühlen kund.
Sieht man es für nötig an,
denkt der logisch denkende Mann,
man das auch wieder trennen kann.
Jeder nimmt sich, was ihm gehört,
und das Problem hat aufgehört!
Die Frau aber fühlt in ihrem Herzen,
man kann sich auch das Glück verscherzen.
Schon der Gedanke an ein Teilen
schlägt Wunden, die nie mehr verheilen.

Die Triebe

Das Kapitel über die Triebe ist keine wissenschaftliche Abhandlung. Ich beschreibe die üblichen Praktiken. Meine Legitimation, dass ich über das Thema „Triebe" spreche: Ich war eine Zeitlang als Generalanwalt im BMfJ der Zensor des gesamten Porno-Marktes für ganz Österreich.

Als Generalanwalt in Wien
hab ich mich bemüht,
allseits akzeptierte Grenzen einzuzieh'n.
Damit ist es jetzt vorbei,
alles ist wurst und einerlei.
Ich hoffe, dass mit diesen Kinky-Sachen
die Amerikaner ihr Geschäft sich selbst kaputt machen.

Die Erkenntnisse beruhen auf meiner Beobachtung und Gesprächen mit einer professionellen Domina aus dem Internet. Diese Domina ist eine Psychologin mit Abschluss von der Uni Wien. Eine hochkultivierte Dame mit Teilnahme am kulturellen Leben. Man kann mich auch mit ihr in Wien in der Oper sehen. Beide haben wir hochgeliebte Partner und tauschen nebenbei unsere Kenntnisse aus. Ich stehe zu dieser Beziehung mit gutem Gewissen und bin sogar stolz darauf. Sie handelt in ihrem Beruf mit der Ambition, dem Mann in Wirklichkeit zu helfen. Sie ist eine Therapeutin.

Woher diese Wünsche?

Zur Bestrafung immer wieder
sausten Peitschen auf Menschen nieder.
Am Bauernhof gab es die Rute
für böse Buben, nicht für gute.
Mit der Ächtung der Gewalt
kam das Aus für Schläge bald.
Willst du Peitschen heute sehn,
musst du in einen Sex-Shop gehen.
Marquis de SADE hat viel gedacht,
warum das Schlagen Freude macht.
Es gehört doch mehr zum Leiden,
drum soll man's eher meiden.
In einem Tagebuch der Liebe
findet man Hinweise auf Hiebe.
Man streichelt vorerst und massiert,
bis die ganze Haut vibriert.
Das gehört zum Liebesspiel,
da verrat ich noch nicht viel.
Doch aus einem sexuellen Trieb
ist manchen selbst das Stöckchen lieb.

Der Zusammenhang mit dem Sexualtrieb ist nicht mehr
immer zu erkennen. Der Trieb treibt auch seltsame Blüten aus.

Die Sucht

Die Peitsche und der harte Stecken
können sogar die Liebe wecken.
Denn selbst im heißen Liebesspiel
ist der rote Po ein Ziel.
Ist der Schmerz ein Teil der Liebe,
duldet er auch Peitschenhiebe.
Die wahre Liebe wird zerstört,
wenn sie nicht nur dem Paar gehört.
Wird der Schmerz ein eigner Zweck,
sterben die hohen Gefühle weg.
Die pure Lust, in Schmerzen sich zu winden,
wirst in dem Night-Life du bald finden.
Der Sadist will dich sehen,
verzweifelt um rasche Gnade flehen.
Bist du solcher Lust ergeben,
beginnt für dich ein hässlich Leben.
JEDE SUCHT IST VERRUCHT
DU BIST ES SELBST, DER SICH VERFLUCHT.

Das ist die Gefahr von solch harmlos erscheinenden Spielen –
dass die Perversion zur Sucht wird.

Ehefrauen

Ihr wisst, Frauen mit schönen Brüsten
speichern eine Vielfalt von Gelüsten.
Die einen schätzen einen Mann,
der immer wieder nochmals kann.
Andre verwöhnen seine Eichel
mit ihrem aufregenden Speichel.
Manche sitzen auf seinem Haupt
und wetzen dort, soweit's erlaubt.
Spritzt er ihr endlich ins Gesicht,
ist für heut aus diese G'schicht.
Andre haben auf Schmerzen Lust,
die du vorher fesseln musst.
Sind sie wehrlos dir ergeben,
dann lass sie vor dir Angst erleben.
Peitschen, Stecken, ein Lineal,
all das finden sie ideal,
um mit Hingabe dir zu zeigen,
wie sie sich dir macht zu eigen.
Siehst du aber, sie wird nass,
dann hör auf mit diesem Spaß.

Gib aber doch auf eines Acht:
Das Schlagen auch mal Wunden macht!
Doch ihre Schönheit darf nicht leiden!
Ich rate dir, Verdruss zu meiden.

SM im Liebesspiel

Ein Freund von SM-Spielen
ist deshalb weder Sadist noch Masochist.
Nur theoretisch interessiert er ist.
Ein Sadist beginnt sich zu erregen,
wenn sein Opfer mit der weiteren Behandlung
nicht mehr einverstanden ist.
Jetzt erst will er's dem Opfer einmal zeigen!!
Der angebliche Masochist gibt sich
mit Freuden allen Spielchen hin.
Vieles kann er mit Lust ertragen,
aber Blut und Wunden mag er nicht.
Sollte es aber so weit kommen,
und erregt ihn das erst recht,
dann ist er wirklich ein Masochist.

Ein Streifzug durch Wiens intime Welt

Emotion Wellness

Ich hoffe, ein Wiedersehen ist nicht mehr weit.
Wer ist zu diesem Programm bereit?
Zuerst buch ich einmal drei Stund.
Die erste Stund gehört den Fingern und dem Mund.
Zusätzliche Vibratoren
sich in die intimen Stellen bohren.
In dieser zweiten Stunde wirst du „kommen",
vom Sinnentaumel mitgenommen.
Die dritte Stund soll dich durch Schmerzen reizen,
wenn Peitschen dich so richtig beizen.

Ein wahres Erlebnis in der no limits Bar

Vorbemerkung:
Dieser Club bezeichnet sich fälschlich als Bar.
In einem Club für Gleichgesinnte gibt es keine Liebe und
keine Hiebe für Geld. Da solltest du schon mit einem
gleichgesinnten Partner hinkommen.

In dem Club der Gleichgesinnten
heut alle was Besond'res finden:
Ein großzügiger Ehemann
lässt alle an seine Frau heran.
Er bietet sie jedem an,
den er desinfizieren kann.
Im Nu ist sie textilfrei,
dem Gatten ist das einerlei.
Männer! Ihr braucht euch nicht zu genieren,
meine Frau auch anzurühren …
Meine Frau ist heute nicht nur anzuschaun.
Burschen! Ihr könnt euch was trau'n,
greift nur an, was euch gefällt,
solang es euch in Atem hält.
Und immer noch ein neuer Mann
fängt an ihr zu fummeln an.
Die Gier treibt schließlich Mann für Mann
näher an die Frau heran.
Da schart sich um die wohlfeile Beute
eine lüstern-heiße Meute.
Alle gemeinsam fummeln dann,
was das Zeug nur halten kann.
Diese Stellen, diese weichen,
durchaus nicht für alle reichen.

Denn das Reiben, Lutschen, Saugen
will allen Männern zugleich taugen.
Die Frau bleibt teilnahmslos und stumm
zu dem Getümmel um sie herum.
Da bildet sich ein Knäuel von Gliedern,
die in ihren Trieben fiebern.
Der Ehemann, der schaut nur stur
auf die Desinfektur.
Doch sie in dem Getümmel drin
gibt sich apathisch allen hin.
Die Stimmung wirkt wie erstickt,
denn jeder tut, was sich nicht schickt.

Besuch im Hotel der Liebe

Vorbemerkung: So ein Hotel der Liebe gibt es zurzeit noch
nicht. Aber so wie man am Hauptbahnhof zum Friseur und
einkaufen geht, wird es so was auch im Hotel der Liebe geben.

Meine Brigitte aus Klagenfurt
war zu Besuch in Wien
und wollte am Abend zur Unterhaltung irgendwo hin.
So ließ sie sich in ein Nachtlokal verzieh'n.
Vorerst fing ein Mann sie harmlos zu streicheln an.
Daraus wurde dann ein Kitzeln und Massieren.
Ihr Lachen klang da noch fröhlich hell.
Mit teuren Ölen und duftenden Salben
will er ihre Haut auf die kommenden Leiden vorbereiten.
Da wird die Haut samtig weich
und sie selbst fühlt sich wie im Himmelreich.
Was will er aber mit diesen Schnüren?
Wozu soll denn das jetzt führen?
Doch das kostbare Geflecht war ihr anfangs schließlich recht.
Es betonte ihre Figur!
Eine einzige Schnur
reichte bis zur Muschi nur.

Was soll denn dieses Schnürl machen?
Ihre Lust trieb sie zum Lachen.
Jetzt aber geht es zur Frisur!
bald glich sie der Madame Pompadour.
Statt der Fetzen um ihren Leib
hüllt man sie in ein golden-silberfarbnes Kleid,
mit Rüscherln, Mascherln und Geblüm.
Ihre Brüste quellen gut zu Tage,
das ist gar keine Frage.
Wie aus ihr die Lebenslust so quillt,
sieht sie sich im Spiegelbild.
Sie fühlt sich als Madame von Welt,
weil ihr ihr Anblick so gefällt.
Bis auf die letzte Kluppe gleicht sie einer Modepuppe.
Was jetzt kommt, ist wirklich wahr.
Es erscheint eine Dienerschar.
Mit Peitschen, Stöcken, Ketten gar,
mit Gerten, Ruten, Fesseln
und frisch gepflückten Brennnesseln,
mit Spangen, Klammern, Kluppen gar
und klebrigen Disteln für das Haar.
Na, das war eine Vorbereitung.
Wie für eine SM-Zubereitung.

Da wurde ihr auf einmal klar,
dass sie hier eine Sklavin war.
So wurde sie im Foto verewigt,
sodann ihrer Kleidung ganz entledigt,
und wie sie so völlig nackig war,
glich sie einem Shooting Star.
Das war der Sitzung erster Teil,
der zweite ist nicht jugendfrei: er führt zu einer Domina.
Was sie weiter hat erlitten,
war aus den Requisiten zu erkennen.
Es herrschten hier recht grobe Sitten.
Bald hatte ihr Aussehen sehr gelitten.
Brutal fuhr man mit ihr Schlitten.
Am Schnürl zwischen ihren Beinen
brachte ein Vibrator sie zum Weinen.
Schläge trieben ihre Nerven zum Kochen,
in die Klitoris wurde reingestochen.
Brennende Salben und Nesseln
ließen sie ihre Zurückhaltung vergessen.
Sie gab sich all diesen Schmerzen hin.
So was erwartete sie nicht von Wien!
Liebe Brigitte aus Klagenfurt,
geh nicht ohne Christoph furt.

Die Domina

Anmerkung: Zu einer Domina findet aus freien Stücken keine echte Dame hin. Sollte aber ein Mann mit einer willigen Frau bei ihr erscheinen, um echte Schmerzen zu erleiden, wird die Domina allenfalls den beiden nicht die Türe weisen.

Ein Mann kommt zu der Domina
und schaut sich um: Was ist denn da?
Die Hose wird schnell weggezogen,
die Steckerln sind schon krumm gebogen.
Dann schnalzt der Peitschen froher Reigen,
dem Kerl woll'n wir's heute zeigen!
Die Striemen übereinander schwellen,
die Schreie durch die Halle gellen.
Und schließlich, selbst bei aller Liebe,
sind zu hart schon ihre Hiebe.
Mit Finalgon cremt sie ihn ein,
dort, wo die Haut ist dünn und fein.
Na, da dauert es nicht lang
und dem Mann ist elend bang.
Hast du noch immer nicht genug,
kommt zum Schluss ein schlimmer Spuk:
Du wirst geschnürt zu einem Bund,
die Zunge schaut weit aus dem Mund.
Das Atmen wird dir auch genommen,
in Panik fühlst du das Ende kommen.
Der Mann verabschiedet sich lang,
ihm war heut einmal richtig bang.

Es tut nur weh, es geschieht dir nichts.

Birgit la Sublime
ist die Beste fürs Intime.
Meld dich aber vorher an,
dann nimmt sie dich gerne dran.
Mit Höflichkeit herumzublödln
Würde nur die Zeit vertrödln.
Wehrlos gefesselt und verschnürt
wirst du von ihrer Lust verführt.
Du hast dich in ihre Gewalt begeben,
anvertraut hast du ihr dein Leben.
Du musst sie wohl gewähren lassen,
doch meide es, sie anzufassen.
Siehst du die Peitschen und Stöcke in ihrer Hand,
ist ihre Macht schon allerhand.
Große Angst du jetzt empfindest,
wenn du dich in ihren Fesseln windest.
Ihr wehrlos ausgeliefert zu sein,
ist ärger als körperliche Pein.
Die Domina ganz ungeniert
reichlich Angst mit dir trainiert.
Und heute will sie dir's mal zeigen,
was ihre Kunden stets verschweigen.
Alle Grenzen der Etikette
fallen heute einmal weg.
Aus der Tiefe des Unbewussten
steigen entfesselt und ohne Krusten
die Urinstinkte aller Triebe,
und doch sind sie nur Teil der Liebe.

Das Gunstgewerbe wie es in Wien liebt und lebt

Hans im Glück
Ein Märchen vor dem Einschlafen

Hans und Franz, zwei abgebrühte Spezialisten,
bei ihren Steckenpferdchen sitzen.
Hans war durchaus einverstanden
mit 50 Schlägen – vorderhanden.
Eine geflochtene Hanfschnur
hinterlässt eine dunkelrote Spur.
Hans konnte den 50 standhalten,
doch Franz reklamierte ein Fehlverhalten.
Als Strafe hat er auserkor'n,
wir beginnen nochmals von vorn.
Jetzt hagelte es Schlag auf Schlag,
auf Stellen, wo er es gar nicht mag.
Der Bestrafung konnte er nicht entkommen,
so hat er sie halt hingenommen.
Der Rücken war schon prächtig rot,
da schrie er auf in seiner Not.

Doch das nützte gar nichts mehr.
Franz nahm eine üblere Peitsche her
und verkündete als Sadist,
das Beste jetzt im Kommen ist.
Die Strafe niemand je vergisst,
weil sie grausam schmerzhaft ist.
Sollte Hans jedoch aufmucken,
würden ihn beißende Nesseln jucken.
Pfeift Hans schon aus dem letzten Loch,
kommt für ihn das Schlimmste noch:
Goddess Madame de Sade war bekannt
als Grausamste im ganzen Land.
„Schlag zu, du Hex, ich kann nicht mehr!"
„Dann gib mir nur dein Schwanzerl her,
und du wirst sehn, wer was kann."
Was sie jetzt tat, war hundsgemein,
sie presste raus noch etwas Schleim.

Liebe am Morgen

In des Morgens frischer Kühle
ich in Deiner Spalte wühle.
Du erwiderst die Gefühle.
Deine Hände mahlen gleich einer Mühle.
Die Triebe sind jetzt aufgewacht
und haben uns in Fahrt gebracht.
Es schlüpft auf schleimig-nasser Haut
das Fingerspiel uns sehr vertraut.
Die Nervenenden sind gereizt,
die Lust nicht mit Erregung geizt.
Der kleine Kapuzenmann
strengt sich jetzt beim Rudern an.
Das Meer um ihn gerät in Wellen,
Blutgefäße ständig schwellen,
am schnellsten schwillt der Penis an
und fängt vor Lust zu zittern an.
Die Vagina saugt den Mann sich ein,
die finstre Grotte zieht ihn hinein,
wohlig umhüllt ihn heißer Schleim.
Das lockt noch andre Säfte her,
der Penis schwimmt in einem Meer
von erotischem Verlangen,
das Liebesspiel hat angefangen.
Es steigert sich bis zur Ekstase,
es reiben sich Mund und Nase.
Bald haben sie es geschafft,
die Stöße verlieren schon an Kraft.

Ob's diesmal wird ein Baby sein,
das weiß der liebe Gott allein.
Wenn man solche Lust empfindet,
die Angst vor einem Baby schwindet.

A glowing moon
filtering through morning clouds
disappearing,
giving way to a flawless blue sky.

Squaw looking at eternity!

The first taste of summer and
a gentle wind lifting her dress like a veil.

White man
skin to skin with squaw ...
A soft breeze lifting her hair,
blowing it softly like a shawl
around his bare shoulder,
teasing his eyes,
caressing his nipples and
sunshine dancing on his body.

White man
dreaming Squaw's dream in faraway lands,
hearing Squaw's heartbeat –
drums beating slowly ...

Squaw
carrying her dream carefully
like a precious ruby ...

Our Love

Can you feel
the certainty of our love,
the freedom
in our nakedness,
fingers above the skin
and our body rising, meeting them –
our lips from kisses wet!
And I whisper:
,,Don't move,
not yet!"

Klitoris

Unverhüllt gehst du zu Bett,
ich sehe deine Silhouette
in einem schrägen, sanften Licht.
Ich sehe dich, du siehst mich nicht.

Deine Haut ist samtig glatt,
kein Schatten macht das Bildnis matt.
Doch genau zwischen den Beinen
seh ich einen winzig kleinen
Zipfel in der Haut erscheinen.
Dieser kleine Wicht
zeigt uns niemals sein Gesicht.
Klitoris wird er genannt
und ist den Liebenden bekannt.

Beschwingt in einem kurzen Röckchen
holt Dorli unser scharfes Stöckchen.
Und wenn sie sich ein wenig bückt,
sieht Christoph was ihn so entzückt.
Lüstern wachen auf die Triebe,
erblickt er schon das Ziel der Hiebe.
Und fröhlich klatscht die hohle Hand
auf die Bäckchen, die er fand.
Brennend färben die sich ein,
rosa muss das Popscherl sein.
Auch die Dorli find't das fein.

Mach dich steif, du kleiner Wicht,
sonst gebrauche ich dich nicht.
Reck und streck dich auf recht geil,
sonst bin ich heute dir nicht feil.
Schau, an deiner Penisspitze
öffnet sich die schmale Ritze.
Leckt deine Zunge mich dort munter,
holst du mir einen Spritzer runter.
Bitte, weiter mich verwöhne,
so macht dich nass mein Lustgestöhne.
Es rieselt über meine Haut,
bevor dein Stöckchen mich noch haut.
Unter deinen sanften Schlägen
sich in mir Gefühle regen.
Schmerzen werden als Lust empfunden,
ich blühe auf in diesen Runden.
Solang sie weiter peitscht mich sacht,
mir das Spiel Vergnügen macht.

Ein österreichisches Kind
bin ich,
ein österreichischer Bub
bist du.
Wir klettern den Ahnenbaum
empor
zu finden den schützenden Ast.

So frei,
verzückt
und ohne Last
sind wir
und fanden beglückende Ruh'.

Ein neuer Klang
schwingt in unsren Seelen,
ein immer stärk'rer Drang
bewegt – verklärend –
unser Leben.

Es flackert in mir ein Fünkchen Lust,
die Finger umzappeln die Nippel der Brust,
das Streicheln elektrisiert meine Haut,
der cock versteift aus dem Höschen rausschaut.
Tief atme ich ein die sonnige Luft,
die knospenden Blüten verströmen den Duft.
Das Fünkchen wird zur schwelenden Glut,
es bricht in mir auf Verlangen und Mut.
Durch meine Glieder brodeln die Säfte,
es bäumen sich auf die triebhaften Kräfte.
Die Glut, die feurige Liebe entzündet.
Der neue Morgen mir Hoffnung verkündet:
Mit Peitschen und Stöckchen werden's wir treiben
und einige Striemen werden länger noch bleiben.

Ach Birgit, lass es einmal mich erleben,
wie ich schuldlos Dir ergeben
zitternd, schlappernd, mit angstvollem Beben,
im Wogen schauriger Gefühle
im Meer der Flammen und in des Eises Kühle,
von der Zehe bis ins Ohr
ich einfach jeden Schutz verlor.
Schlicht: Ich möchte mal verdroschen werden,
wie es ganz normal auf Erden.
Die Peitschen sollen die Lüste reizen
und ungeniert mich richtig beizen.
Es prasselt und prickelt,
es zerzaust mich, es zerstückelt
und dennoch – mich durch und durch umwickelt.
Das Blut gerät in hohe Wallung
es presst mich in eine starke Ballung,
es zerrt und reißt die Glieder
und das noch und nochmals wieder.
Ich sehn herbei ein baldig Ende,
doch vorerst zeigt sich keine Wende.
Im Gegenteil: Je mehr sich meine Haut entzündet,
das Inferno größ'res Leid verkündet.
Das Anschwellen der bösen Striemen
bewirken harte Lederriemen.
Im Keim erstickt werden alle Klagen,
ich muss das durch und durch ertragen.
Mein Widerstand ist schon gebrochen,
ich komm verbläut dahergekrochen.
Ein Häuflein Elend liegt am Boden
mit feuerroten Hoden.

Die Instrumente der Triebe

Die Peitsche auf der nackten Haut
man oftmals nicht so leicht verdaut.
Ist die Peitsche wirklich lang,
wird einem schon beim Hinschau'n bang.
Ferner kommt's an auf die Kraft,
mit der man diese Schnalzer schafft.
Nach einer gewissen Leidenszeit
ist das Opfer nicht mehr bereit,
starke Schmerzen zu ertragen.
Willst du das Opfer gar schockieren,
musst du es zum Paket verschnüren.
Kann es sich dann nicht mehr rühren,
wird es die Schläge härter noch verspüren.
Du kannst die Grausamkeit noch steigern
und ihm die Atemluft verweigern.
Wenn es dann nach Luft schnabbelt
und mit seinen Beinen zappelt,
wird seine Panik zum Genuss.
Mit dem Wechsel der Instrumente
steigerst du noch das Lamente.
Dicke Schnüre mit den harten Knoten
gehören eigentlich verboten.
I sag Dir's, das hält keiner aus.
Den Armen bringst nicht einmal zur Tür hinaus.

Kann denn das heut wirklich sein,
dass du kannst nicht lauter schrei'n?
Ich fürcht', du schläfst erst später ein,
denn bis dahin wird's furchtbar sein.
Ich glaube, deine blauen Zeh'n
sind schon erhöht unangenehm.
Ohne jeden Kondom-Schutz
ich dir den Schwanz mit Bürsten putz.
Die so empfindlich rote Haut
wird noch mit scharfem Schnaps betaut.
Also jetzt wirst du wirklich laut!

Für meine neue Nagelfeile
such ich mir andre Körperteile.
Diverse Elektroden
besorgte ich für deine Hoden.
Um Luft ringst du bei dieser Kur,
doch machen wir sie einmal nur.
Wenn deine Sohlen an deinen Füßen
einmal das Geh'n verweigern müssen,
wirst du es an dir erfahr'n,
was so ein stummer Mann
alles bewusst erleiden kann.

Lass mich von unsrer Liebe träumen

In fantastisch schönen Bildern
will ich Dir unser Buhlen schildern.
Am Anfang steht das zarte Streicheln,
auf unsrer Haut, der samtig weichen.
Die Finger krabbeln vor Begehren munter
zwischen den Beinen rauf und runter.
Aus Angst, Du könntest mir entlaufen,
fessle ich Dich mit sanften Schlaufen.
Auf der Streckbank zieh ich Dich lang,
bis Dir wird so richtig bang.
Trotz allem Schnüren, allem Binden
wirst Du Dich in Erregung winden.
Orgasmen lassen Muskeln zucken,
die Nerven lassen Glieder zittern.
Die Haut aber soll sich nicht verknittern.
Rücken und Po sind Ziel der Hiebe,
die Muschi ist Ziel intimer Liebe.
Während ich Dich verführe,
ich in Deinen Gefühlen rühre.
Der Oberschenkel Innenseiten
deftige Orgasmen vorbereiten.
Trotz all dem kunstvollen Verschnüren
wirst Du das Striemen der Hiebe spüren.

Heute sollst Du was erleben,
was es hat noch nie gegeben.
Erwarte Deiner Sinne Beben.
In der Tiefe der Gefühle,
ich einmal kräftig wühle.
Das führt zu Halluzinationen
und Erlebnis-Sensationen.
Am Anfang wird der Atem tief,
eine Spinne über die Muschi lief.
Dann höre ich Dein leises Stöhnen
und beginne, Dich zu verwöhnen.
Dieses Stöhnen wird recht laut,
wenn sich Christoph mehr noch traut.
Das Streicheln mit den Pinseln
bringt Dich zu zartem Winseln.
Quietschend, kreischend, herzerweichend
sind all die Schreie, die ich Dir entwinde.
Beginne ich noch, Dich zu quälen
und Dein Innerstes herauszuschälen,
rinnen sogar echte Tränen.
Jetzt öffnest Du Dein Innenleben
und hast Dich innig hingegeben.
Jetzt stoße ich mein ganzes Leben
tief in meine Dorli rein.
Und so soll es immer sein

Squaw

White man,
come into my tent!

Sweet grass is burning!

My desire
is burning!

Your body will be burning!

My touch
soft
like a beaver's tale
on your skin

Your body,
my joy,
my coming pleasure

My fingers
caressing
your nipples

Your
heart drumming

Squaw
gazing at
white man's body

Manhood
presented

Manhood
lubricating her
parting flesh

Squaw's Love Potion
dripping warm
on white man's velvety mould

Pink flesh
hot

Turning
into
red flames

Flickering

Her tongue
soothing
his burning

flaming white man's hotspot

Squaw's tongue
stroking

Lips
sucking
manhood in motion

Taming
him
like a wild bear
trying
to escape

White man's
thighs
quivering

Squaw's
pursuit
higher

flames
engulfing
mould
body
mind

Mould
surrendering

Squaw
harvesting
white man's juices

White man's
screams
echoing
in the wilderness

Squaw
folding
white man
Into
a blanket of stars ...

Striemen

Wenn du im Strudel deiner Sünden
das Striemen einmal willst ergründen,
öl ich dich vorher richtig ein,
das vermindert deine Pein.
Dann beginne laut zu zählen,
das lenkt ab von deinem Quälen.

Das Zählen

An einem stillen Nachmittag
ich nicht bis tausend zählen mag,
denn das Zählen all der Hiebe
lenkt ab von dem Genuss der Liebe.

Komm, ich weiß ein neues Spiel.

Ich kann dich schlagen, wie ich will.

Vorerst erträgst du das ganz still.

Doch mit dem ersten Schmerzensschrei

ist diese Ruhe auch vorbei.

Jetzt beginn ich dich zu quälen

und muss deine Schläge zählen.

Doch auf die Fetzen deiner Haut

sich niemand mehr zu schlagen traut.

Heut beginnt erst meine Lust,

sobald du viel ertragen musst.

Du verfluchst der Schreie Zahl, die beendet deine Qual.

Doch sie prügelt hart und fleißig, du glaubst, das Ende sei bei 30.

Doch heute solln's ja 40 sein.

Dabei hab ich nicht bedacht,

was 10 mehr für Leiden schafft.

Jetzt einmal steh ich „Habt-Acht",

na, das wäre doch gelacht!

Doch bald knickt ein der Baum.

Zu stehen schafft er nur mehr kaum.

Dann schreit er noch „Ich kann nicht mehr!"

Ohne Hilfe fiele er jetzt her.

Im Atelier der Domina

Ohne eingeladen zu sein,
kommst du nicht bei der Tür herein.
Grundsätzlich ist schon ausgemacht,
welche Leistung wird erbracht.
Man beginnt im Plauderton
und erwärmt sich dabei schon.
Im Hintergrund spielt leis Musik.
Behaglichkeit fördert das Glück.
Bei süßem Sekt oder Kaffee
gefällt recht bald das Atelier.
Am Anfang tut dir auch nichts weh
und was dann kommt, das weißt du eh.
Siehst du die Welt mit Tränen nur verschwommen,
meint sie, du hast genug bekommen.
Das siehst du freilich sofort sein.
Sie pickt ein Pflaster auf dein Bein
und schenkt dir noch Champagner ein.

Zungenküsse das Gesicht einspeicheln,
Fingerspitzen sich intim einschleichen.
Die Zunge kitzelt Hals und Ohren,
Schamhaare werden weggeschoren.
Fußsohlen werden zart gereizt,
Pobacken werden rotgebeizt.
Peitschen mit den vielen Schnüren
brennend deine Haut berühren.
In den Anus wird gebohrt,
unbenützt bleibt da kein Ort.
Selbst an der Prostata da drinnen
geraten Herren ganz von Sinnen.
Des Rohrstocks Hiebe Sonderzahl
vermengen Lust mit roher Qual.
Beschränkt man dich mit Atemnot,
fühlst du dich in Lebensnot.
Die Beine werden dir weit gespreizt,
und da unten wird eingeheizt.
Die Hoden werden stramm umgebogen
und der Penis wird dir lang gezogen.

Du freilich hattest nie genug,
wenn die wilde Stunde schlug.
Denn du verwendest solche Peitschen,
die sofort die Haut aufreißen.
Und die frisch verheilten Wunden
werden blutig aufgeschunden.
Man hängt den Mann mit dem Kopf zu Boden
und foltert ihm seine Hoden.
Wenn er schreit mit wilder Kraft,
spritzt er aus den Mannessaft.
Schlägst du weiter hemmungslos,
liegen seine Nerven bloß.

Hautfetzen

Weil das Peitschen auf den Po
dich macht gefügig und auch froh,
lass dir es einmal richtig geben,
denn dann wirst du was erleben:
Von dem Flicken deiner Haut
dir in Hinkunft schrecklich graut.

Wie wirst Du mich zum Schreien bringen,
während die Englein in mir singen?
Zärtlich wirst Du zuerst beginnen
und mich zu einem Bündel binden.
Mit Fesseln wirst Du mich hilflos machen.
Seh ich all die Peitschen und die Stecken,
werd ich in großer Angst erschrecken.
Schon beim ersten Ausprobieren
werd ich meinen Mut verlieren.
Und mit meinem ersten Schrei
sind die Qualen nicht vorbei.
Wenn die Bambus-Stecken auf mich prasseln,
willst Du mich vor Schmerzen brüllen lassen.
Es fangen alle Martern an,
Du weißt, wie man mich quälen kann!
Doch bald ist auch das vorbei
und ich bin aller Fesseln frei.
Die Wollust meiner Fleischeslust
tobt ungeniert in meiner Brust.
Und während die Engerl wieder singen,
wirst Du mich erneut zum Schreien bringen.

Die öffentliche Moral im Internet

Man kann's mal ausgelassen treiben.
Jedoch: Intimes soll privat bleiben.
Wenn alles hin zum Gelde drängt,
wenn alles nur vom Gewinn abhängt,
sind solche Prinzipien schnell verdrängt.
Die hehren Werte der Kultur
bleiben Deklarationen nur,
es verliert sich im Alltag ihre Spur.
Es ist verboten, zu vertreiben
sadistische Grausamkeiten.
Geschieht das nur zu Werbezwecken,
kannst du selbst diese Gelüste wecken.
Sagt der Erotik-Star im Vorspann,
er hat an allem Freude dran,
dann fällt der nachfolgende Schmutz
nicht einmal untern Jugendschutz.
Selbst wenn die gequälten Frauen
scheinbar schon ins Jenseits schauen,
kannst du nicht dem Gesetz vertrauen.

Ein kleines unter großen Ländern
kann da alleine nichts verändern.

Vibrator

Du glaubst vielleicht, der Vibrator
sei ein Liebes-Navigator,
doch statt der erhofften Lust
hinterlässt er dir nur Frust.
Ich sag dir jetzt auch warum,
der Vibrator selbst bleibt stumm.
Soll'n die Stars in Porno-Filmen
den Gipfel aller Lust erklimmen,
kommen diverse Vibratoren,
die in diverse Löcher bohren.
Doch statt Verzückung im Gesicht
behagt diese Behandlung nicht.
Denn neben dem hoch gereizten Trieb
bleibt die Seele ohne Lieb'.
Die Maschinen ohne Seelen
können dich zu etwas quälen.
Doch zu glücklichem Empfinden
musst du einen Partner finden,
der dir seine Seele schenkt
und nicht nur deine Figur verrenkt.
Auch ist's nichts Recht für
an Mann, der alles ohne Zusatz kann.

Was du gekauft im Sex-Shop
erweist sich bald als ein Flop.
Kauf dir statt 'nem Vibrator
lieber einen Ventilator.

Finalgon-Salbe

Willst du, dass die Haut soll brennen,
will ich ein Rezept dir nennen.
Reib mit Brennnesseln dich ein,
da beginnst du bald zu schrei'n.
Das Brennen kannst du noch beleben,
beginnst du Wasser draufzugeben.
Hast du noch immer nicht genug,
willst du wirklich noch mal mehr?
Dann bring ein Finalgon her!
Ich schwör, du rufst die Feuerwehr
mit einem ganzen Löschzug her.

Spaßettln und viel Übermut

Die Violine führt das Orchester an,
die Vagina kommt als Erste dran.
Die Eichel repräsentiert den Mann,
das Bombardon zeigt, was es kann.
Zum Vorspiel gehört ein Squirt,
ein Spinett hat sich auch dahin verirrt.
Im 1. Akt kommt's zur Bondage,
die Klarinette kommt in Rage.
Die Bullwhip und die Cane
lassen ihre Zähne sehn.
Die Trompete und das Horn
sind da auch beide vorn.
Der Dirigent schlägt jetzt den Takt,
damit das Ganze halbwegs klappt.
Der 2. Akt gehört ganz der Harfe,
sie meidet alles Harte, Scharfe.
Es flötet mit den Musen
ein wunderschöner Busen.
Jetzt ist es Zeit für die Triangel,
dass sie sich ein Schwanzerl angle.
Kann die Orgel für Orgasmus sorgen?
Das Cello spielt weiche, warme Töne.
Das liebend Herz sucht auch das Schöne.
Der Missakkord der Blechbläser
zerstört wieder, was da gewesen.
3. Akt. Vibrator und Klitoris
bestimmen jetzt, was wahr ist.
Wenn das Schlagzeug auf die Pauke haut,
wird das ganze Orchester laut.
Pauken mit Tschinellen
lassen die Stimmung zum Orgasmus schwellen.

Mit Trommeln und mit Glockenspiel
geht es hinan zur Ekstasy.
Mit Agonie geht es bergab,
das Fagott macht langsam schlapp.
Zither, Hackbrett und Gitarre
wollen einstweilen noch verharren.
Elektroden auf den Hoden wollen alle noch erschrecken,
doch das Plenum ist nicht mehr zu wecken.
Letzter Akt. Hart wie Warzen auf der Brust
ist jetzt des Conductors Lust –
Der Penis muss endlich ejakulieren,
die Streicher sollen flageollieren,
die Tasten können glissandieren.
Das Klavier kann sostenuto spielen.
Bassgeige und Bombardon
einigen sich auf Basso continuo.
Bei der Orgie aller Töne
verbläst ein Orkan all das Schöne.
Was ist mit unsrem „Sinnen-Reiz-Orchester“?
Wir streamen das in alle Nester.

Die Bedeutung zusammengesetzter Hauptwörter

Was ist der Unterschied zwischen einer Warteschlange und
einer Ringelnatter? Bei der Warteschlange warten Menschen,
bis sie drankommen. Die Ringelnatter wartet nicht mehr,
sie hat sich zum Schlafen schon eingeringelt.
Ein DIENSTWEG ist ein Weg, der zum Dienst hinführt.
Ist der Dienst endlich aus,
heißt derselbe Weg zurück AUSWEG.
Ein HANDTUCH ist im Unterschied zum Taschentuch ein
Tuch, das man stets in der Hand trägt.
Ein ANGSTHASE ist ein Feldhase, vor dem man sich fürchtet.
Ein MURMELTIER ist ein Tier,
das statt zu schreien nur murmeln kann.
Auf einer STERNWARTE muss man warten,
bis es finster wird.
In Kanada finden WETTRENNEN bei Regen statt. (wet = nass)

Ein Trottoir ist ein Gehweg für Trottel.

Warum schaut ein Kakadu den Menschen selbst beim Vögeln zu? Weil die Vögel nicht kakaduen können.

Warum lieben Frauen häufiger Flötenspieler als Oboenspieler? Weil die Flötenspieler die Frauen anflöten können.

Ein An-Oboen gibt es nicht.

Was macht ein Cappuccino ohne seine Kapuze? Er sucht sich halt eine andere.

Spielt eine Domina auch mit einem Domino?
Es kommt drauf an, wer es besser kann.
Was macht ein Steckenpferd ohne Stecken?
Frag nicht, du tust nur neue Wünsche wecken.
Reizt dich die Zunge im Mund zur Sünde, so reiß sie aus,
du schaust nachher genauso deppert aus.
Ist noch so lüstern die Geschicht,
durch den Reim wird's zum Gedicht.

Wien, die Stadt im Wald (Trump)

Wenn ich vom Wald nach Hause gehe,
ich unmöglich Wien verfehle.
Wenn die großen Hirsche röhren,
werden sie dein Herz betören
und in deinen Hosenröhren
werden dich die Wespen stören.
Beim Frühstück leckt am Eidotter
sicher eine Kreuzotter.
Trinkt wer aus deinem Kaffeeheferl
war's gewiss ein Borkenkäferl.
All das läuft drauf hinaus:
Wir Wiener fühl'n uns im Wald zuhaus.

Warum gibt der Stöckelschuh
unsrer Muschi keine Ruh?
Die Vagina treibt's beim Reiben,
als wollt sie sich ihn einverleiben.
Ich darf dir im Vertrauen raten:
Sieh dich um nach andren Taten.

Wieso zappelt in deiner Vagina
dieses kleine Fischlein da?
Ja, wer hat denn das gemacht?
Wer hat sich sowas ausgedacht?

Ein Bonbon mit Alkohol
fühlt sich in deinem Arsch wohl.
Doch lange dauert's nicht,
ist dieses Bonbon nicht mehr dicht
und dann …!

Oh?

Ich streck das schönste Stück vom Mann
in die Höh', so hoch ich kann,
dann beginne ich zu schnaufen
und die Säfte aus mir laufen.
Und da fragst du, unschuldig Kind,
wann denn heute was beginnt!

Ein Ehepaar am Abend

Ich liebe dich im Frack,
ich liebe dich auch nackt!

Ich finde mich irrsinnig chic
in meinem neuen Kleid!
– Ich glaub, es ist vom Humanic –

So schäle ich mich
Stück für Stück
für diese Nacht mit dir
und deinem Wicht.

Ehefrauen unter sich

Der Franz da oben wär recht nett,
doch treibt er's nur im Gitterbett
und glaub es mir, es is a Gfrett.

Der Mann vom übernächsten Haus
hat einmal mich zu sich bestellt
und g'fragt, ob mir sein Schwanz gefällt.
Doch zu diesem großen Trumm
ich gewiss ka zweitsmal kumm.

Wenn ich am Abend so allein,
schleicht sich mir ein Gedanke ein:
ich hab ein Kleid recht schick und fein,
doch ist es jetzt mir schon zu klein.
Aber ohne Unterwäsch'
bin ich darin noch fesch!
Denn manches, was von mir entblößt,
Gusto einem Mann einflößt.
Dem Seppl, der ist kein Eunuch,
dem mach ich heut einmal Besuch.

Was mir die Gretl hat erzählt,
wirklich auf ka Kuhhaut geht!
Ihr Mann geht auf a Krügerl Bier,
in Wirklichkeit kommt er zu mir.
Da kriegt er mehr als nur a Bier.
Wieder zu Haus sagt er zu ihr:
Das war heute a b'sondres Bier.

An meine großmütige Nachbarin

Oh Wonne, ist dein Po zart,
doch ich will ihn hart-kneten,
dass du anfängst laut zu beten.
Im Umdreh'n ich den Venushügel
so fantastisch niederbügel,
dass bei diesem Ansturm
quietscht sogar der Ohrwurm.
Dieser wieder sucht am Nabel
vergeblich eine Stimmgabel.

Wenn die Wogen sich allmählich glätten,
hast wieder deinen Po, den netten!

Mann oder Frau

Wenn ich dir in die Augen schau,
weiß ich es noch nicht genau,
bist du ein Mann oder 'ne Frau.

Lässt du mich zwischen die Beine blicken,
naja …
Musst du auch vor Lust laut schrei'n,
scheinst du eine Frau zu sein.
Wer es immer nochmals kann,
ist gewiss kein echter Mann.
Spritzt das Wesen weit vor dem Kommen,
wird es als weiblich wahrgenommen.
Ist die Person flach wie ein Brett,
so weiß ich nur, sie ist nicht fett.
Die Klitoris ist so klein,
das kann gewiss kein Penis sein.
Kann ich zwischen zwei Löchern wählen,
muss ich sie zu den Frauen zählen.
Ist die Person grausam, brutal,
so hab' ich eine schwere Wahl.
Denn sadistische Frauen
können sich auch einmal was trauen.
Kann das Wesen jammern, schrei'n
und sofort wieder fröhlich sein,
ja, dann ist es eine Frau!
Ist ein Mann recht arg geschlagen,
kann er keinen Scherz vertragen!

Was betagte Frauen über Männer denken

Jeder Mann ist eine Last,
weil er sich bedienen lasst.

Jeder, der sich hereinschleicht,
allen Mühen ausweicht.

Und mit seinem dummen Schlecken
kann er bei mir nichts aufwecken.
Und statt dem faden Wetzen
reib ich mich mit an Putzfetzen.

Männer – und da bin ich stur –
brauch ich für die Reise nur.

Is' wahr, der will mich nackt sehn?
Da soll er lieber in an Nachtclub geh'n!

Selbst wenn der Mann ist was gewesen,
schmückt mich nicht der alte Besen.
G'hört der Mann gar zu den Reichen,
muss ich doch jeder Jüngeren weichen.
Sollt ich einen Mann beraten,
schwärmt er doch nur von seinen Taten.
Will er mich berühr'n mit seinen Tatzen,
schmus ich lieber mit meinen Katzen.

Was betagte Männer über Frauen denken

Ich geb mich keinem Weibe hin,
ich will nur den Lustgewinn.
Frauen kann man billig kaufen,
jede Fuchtel bringt mich zum Schnaufen.
Hat sie's tüchtig mit mir getrieben,
ist mir all die Zeit verblieben,
die sonst man braucht, um zu lieben.
Ist die bezahlte Stund vorbei,
bin ich wieder frank und frei.
Ist die Gattin nicht mehr bei Kräften,
wo soll ich dann hin mit meinen Säften?
Hol ich mir eine Neue her,
hals ich mir auf a neues Gscher.

Die sexuelle Lust der Alten

Ich bin schon alt, ich kann nicht mehr,
doch neue Lust bewegt mich sehr.
Auf den Schwanz is ka Verlass,
aber auch mit Fingern, Mund und Nas'
mach ich den Frauen kaum mehr Spaß.
Schwer ist es, was zu beginnen
und eine Frau ganz zu gewinnen.
Viele woll'n sich die Zeit vertreiben,
doch den Sex, den lassen's bleiben.
Manche bleiben Verstorbenen treu,
für viele ist's überhaupt vorbei.

novum VERLAG FÜR NEUAUTOREN

Bewerten
Sie dieses Buch
auf unserer
Homepage!

www.novumverlag.com

HERZ FÜR AUTOREN A HEART FOR AUTHORS À L'ÉCOUTE DES AUTEURS MIA KAPΔIA ΓΙΑ ΣΥΓΓΡ
ARTA FOR FÖRFATTARE UN CORAZÓN POR LOS AUTORES YAZARLARIMIZA GÖNÜL VERELIM SZÍV
HE PER AUTORI ET HJERTE FOR FORFATTERE EEN HART VOOR SCHRIJVERS TEMOS OS AUTO
RZINKERT SERCE DLA AUTORÓW EIN HERZ FÜR AUTOREN A HEART FOR AUTHORS À L'ÉCOU
MACAO BCEЙ ДУШОЙ K АBTOPAM ETT HJÄRTA FÖR FÖRFATTARE À LA ESCUCHA DE LOS AUTOF
TEURS MIA KAPΔIA ΓΙΑ ΣΥΓΓΡΑΦΕΙΣ UN CUORE PER AUTORI ET HJERTE FOR FORFATTERE EEN F
ARLARIMIZA VER INKERT SERCE DLA AUTORÓW EIN HERZ FÜR
SCHRI S A BCEЙ ДУШОЙ K АBTOPAM ETT HJÄRTA FÖF

Die Autoren

Prof. Mag. Dr. Christoph Mayerhofer wurde 1935 in
Wien geboren. Nach Abbruch seiner Ausbildung am
Reinhardt Seminar studierte er in Wien Jus. Er kletterte
die Karriereleiter vom Bezirksrichter bis zum Generalanwalt empor und war schließlich der Chefjurist aller
österreichischen Staatsanwälte als Sektionsleiter im
BMfJ. 50 Jahre lang war er Herausgeber der Sammel-
bände zum österreichischen Strafrecht, die bis 2016 im
Verlag der Österreichischen Staatsdruckerei und dann
im Verlag Österreich erschienen sind.
In der Pension hat er sich zurückgezogen und wurde
nach dem Tod seiner Gattin mit der Liebe zu seiner
verwitweten Cousine Dorothea Brigitte beglückt.

Biografie von Dorothea Brigitte Mayerhofer:

Wien ist meine Heimatstadt,
der Krieg mich nur vertrieben hat.
In Kufstein, am Zipfel von Tirol,
fühlte ich mich damals gar nicht wohl.
Ich wollte in die Welt hinaus,
suchte mir 'nen Ägypter aus
und flüchtete bis Kanada.
Dort bin ich heute noch zu Haus.

novum VERLAG FÜR NEUAUTOREN

Der Verlag

*Wer aufhört
besser zu werden,
hat aufgehört
gut zu sein!*

Basierend auf diesem Motto ist es dem novum Verlag
ein Anliegen neue Manuskripte aufzuspüren, zu ver-
öffentlichen und deren Autoren langfristig zu fördern.
Mittlerweile gilt der 1997 gegründete und mehrfach
prämierte Verlag als Spezialist für Neuautoren in
Deutschland, Österreich und der Schweiz.

**Für jedes neue Manuskript wird innerhalb
weniger Wochen eine kostenfreie, unverbind-
liche Lektorats-Prüfung erstellt.**

Weitere Informationen zum Verlag und
seinen Büchern finden Sie im Internet unter:

www.novumverlag.com

Zeitfracht Medien GmbH
Ferdinand-Jühlke-Straße 7
99095 Erfurt, Deutschland
produktsicherheit@kolibri360.de